CIRKUS
von Etienne Bruneel
Parabel

FLOPP zzzziiiiiingg FLOPP zzz

iiiingg ▭ FLOPP ...zzzzzziiiing

. . . .TOCK T

ÖCK TOCK TOCK TOCK TACK TOCK TACK TACK TOCK TOCK TACK TACK TOCK TÖCK TOCK TACK TACK TACK TACK
FERTIG!

Guten Abend

RABARBERBERABARBERABARB

tip e

e tip e tip eeeeeeeeiupppppp SCHÖÖÖÖN

?

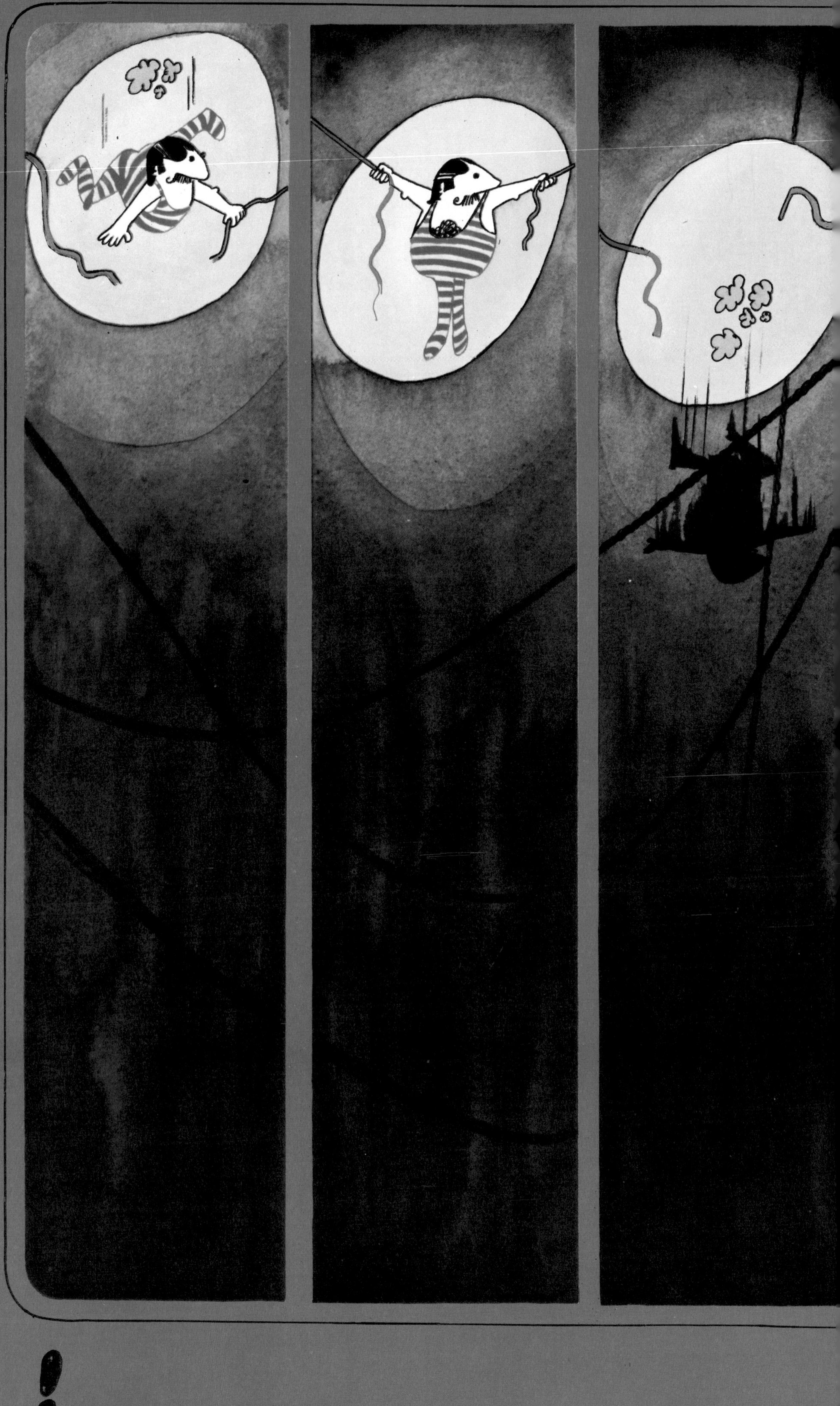

sssssssssSSSSSS PLATSCH

.HEPP .HEPP .HEPP .HEE

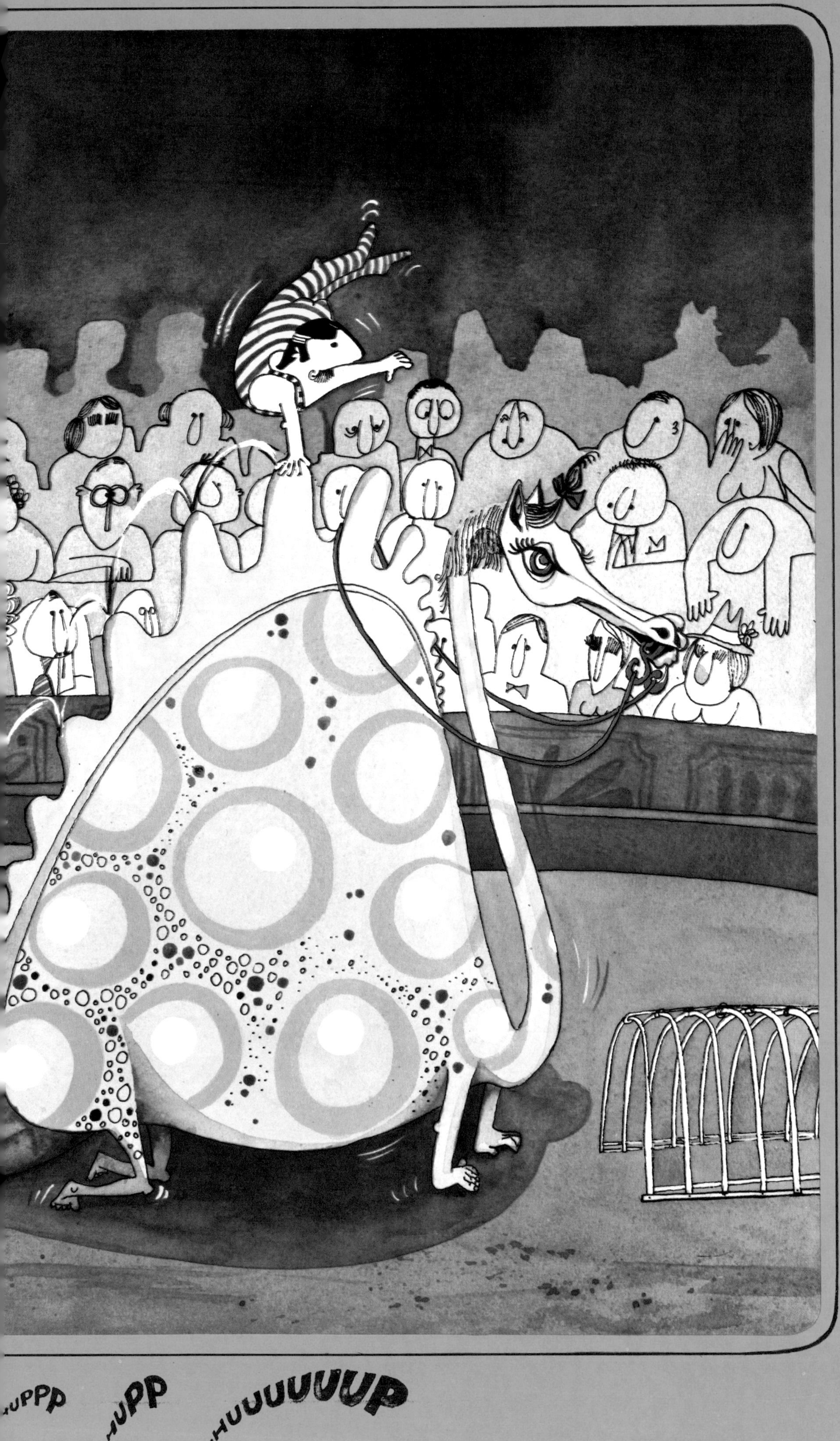
UPPP
HUPP
HUUUUUUP

......üüüüü **OPP.**

sim sala ..

BIM

....PENG.PENG.PENG...

ULLULLUULLUUHULLULUUUULULUUHULULULUHULULU.......

..ZZZiiiirrrr....... .....zzzziirrrr

mpff pfff pfff mpff

bbbbffffff paff pfffff ff

UUiii...OOOpp
UPP
UFFF
HEEEEEEEEEEii
UFF
KNUFF

WWOM

HHHUUUU

(MOND)

bravo AAAA a a BRAVO bravo AAA
OOOoooo. BRAVO ooooo bravo

CIRKUS